# Toujours avec moi

Patricia Storms

Texte français de

Josée Leduc

Éditions
SCHOLASTIC

Les illustrations de ce livre ont éte réalisées selon les techniques traditionnelles au pinceau brosse, à l'encre de Chine et au fusain, combinées à la technique de coloration numérique de Photoshop.

Catalogage avant publication de Bibliothèque et Archives Canada
Storms, Patricia
[Never let you go. Français]
Toujours avec moi / Patricia Storms ; traduction de Josée Leduc.
Traduction de: Never let you go.
ISBN 978-1-4431-1990-0
I. Leduc, Josée, 1962- II. Titre. III. Titre: Never let you go.
Français.
PS8637.T6755N4814 2013 jC813'.6 C2013-902386-0



Édition publiée par les Éditions Scholastic, 604, rue King Ouest, Toronto (Ontario) M5V 1E1 CANADA.

6 5 4 3 2 1 Imprimé à Singapour 46 13 14 15 16 17

*Pour mon Guido, bien sûr. J'ai bien de la chance de t'avoir trouvé et sois assuré que je te garderai toujours avec moi.*

— P.S.

Je t'aime,
mon p'tit trésor.

Je prendrai soin de toi

et je te chérirai toute ma vie.

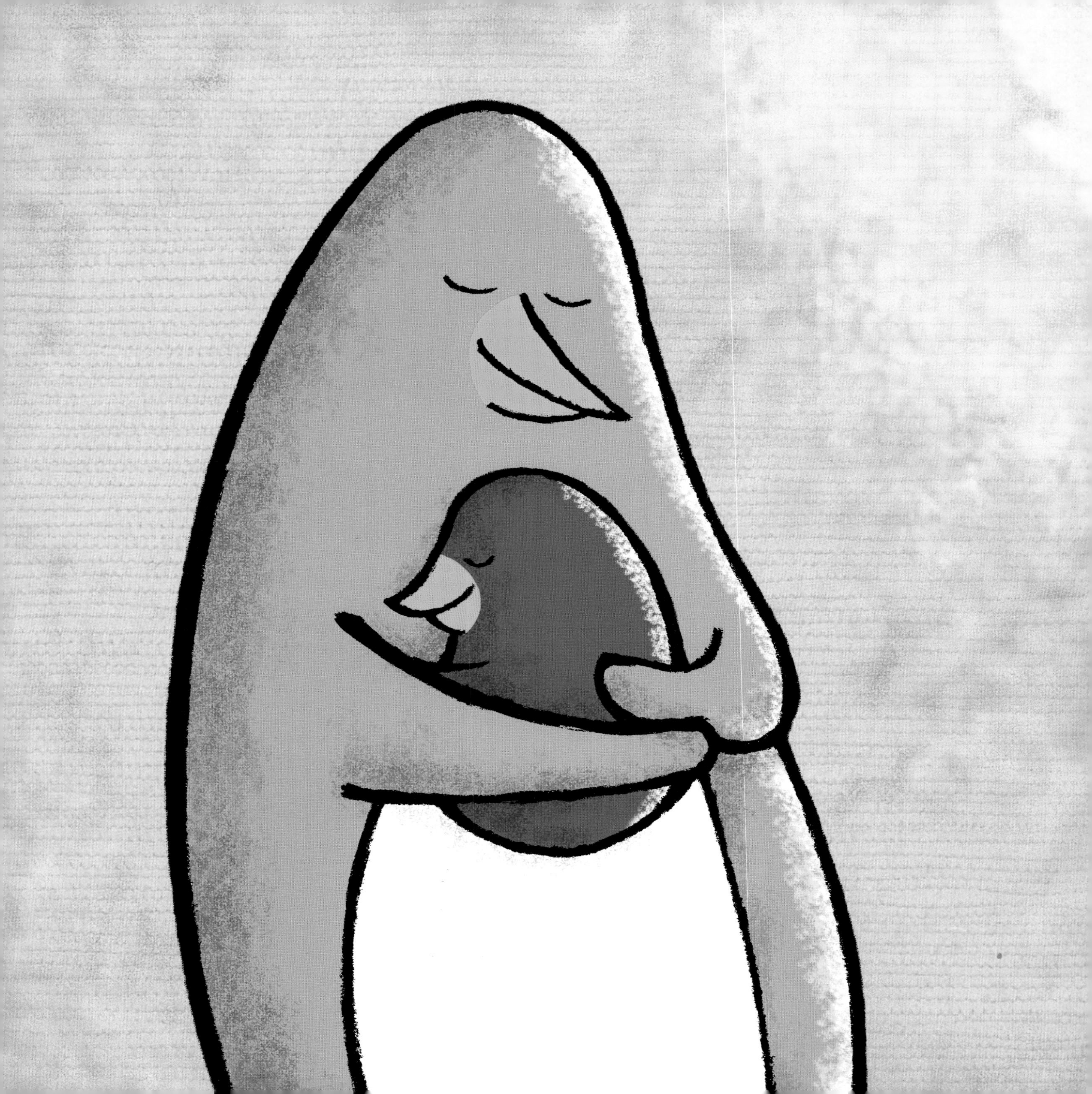

Je te garderai toujours avec moi.

Sauf quand tu devras
aller aux toilettes,

et sauf quand ce sera
l'heure de manger...

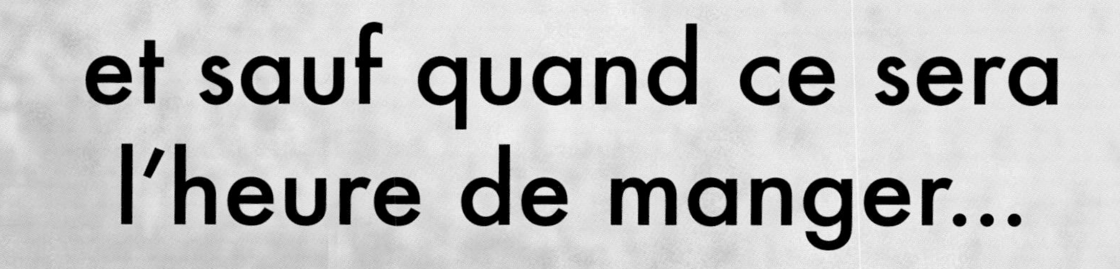

ou quand tu voudras
faire un dessin.

Autrement,
mon p'tit trésor...

je te garderai toujours avec moi.

Sauf quand tu voudras
aller explorer les étoiles

ou quand tu feras
un caprice,

ou quand tu auras
besoin d'être seul.

Autrement, mon p'tit trésor...

je te garderai toujours avec moi.

Sauf quand tu voudras
jouer avec tes amis.

Autrement, mon p’tit trésor,
toi qui n’es plus si petit…

Attendez!

je te garderai toujours
avec moi!